KB057853

난다
詩방

최승호 詩集

허공을 달리는 코뿔소

시인의 말

허공을 달리는 코뿔소는
갈 곳도 없고
못 갈 곳도 없다

2013년 늦가을
최승호

I

2

3

4

I

소행성

어제 소행성 하나가 지구를 살짝 비켜갔다. 지구와 달 사이보다 가까운 거리까지 근접했다가 충돌하지 않고 지나간 것이다. 태양을 2.72년 주기로 돌고 있는 소행성 2012XE54는 지구로 다시 접근할 것으로 예상된다.

나사(NASA)의 제트추진연구소 과학자들은 최근 지구에 접근했던 소행성 99942 아포피스가 2036년 지구와 충돌할 확률은 100만분의 1 이하라고 결론내렸다.

백악기 대멸종. 한때 지구를 지배했던 공룡들이 다 죽은 것은 소행성 칙술룹이 지구와 충돌했기 때문이라는 학설이 있다. 없는 내가 허공으로 존재했던 6500만 년 전 이야기.

어느 날 나 없는 나의 고독은
동쪽 은하
외뿔소자리에서 고개를 쳐들 것이다

흰올빼미

흰올빼미는 눈올빼미 또는 북극올빼미라고도 불린다. 머리를 270도가량 돌릴 수 있는데 머리가 잘 안 돌아갈 때 나는 이 올빼미를 생각하곤 한다. 북극의 사나운 눈보라를 헤치며 날아다니는 백야의 유령 같은 새, 눈 오는 날 당신도 눈이 무척 밝은 이 새를 떠올리면 마음이 설원처럼 드넓어지고 이마가 빙산처럼 시원해질지도 모른다.

히말라야의 어떤 노승이
히말라야에 오래 살다보니
내가 히말라야가 되었다고 말하는 걸
우연히 텔레비전으로 보게 되었는데
글쎄,
그 노승은
만년설처럼 얹혀살다가
흘러내리는 물처럼 죽게 되지 않을까

평행우주

주름이 무한대로 늘어나는 아코디언을
연주하는 사람의 팔 길이는 얼마나 될까

겨울 이야기

한파에 마침내 옥상 수도관이 터져버렸다. 계단에서 계단으로 물이 흘러내리고 낡은 빌라는 온통 살얼음천지. 지하의 노인들이 양동이를 들고 나와 물을 퍼내고 아이들은 헌 옷걸레로 물을 짜낸다. "반장님, 어떻게 좀 해보세요." 나는 지금 이 빌라의 반장이다. 나더러 뭘 어떻게 하라는 건지.

맘모스는 복원될 수 있는 것일까. 어금니 길이가 4미터나 되는 맘모스를 대량 사육해서 맘모스 고기를 구워 먹고 맘모스 털옷을 두르면서 크로마뇽인들처럼 우리도 빙하기의 기나긴 추위를 견뎌낼 수 있을 것인지.

상수관 파열에는 15만원 정도, 하수관 파열에는 100만원 정도의 공사비가 든다는데 반장인 내가 우선 해야 할 일은 무엇일까. 오늘부터 당장 베란다에서 세탁기를 사용하지 말라는 전문가의 말씀. 골치 아픈 내 이마에 고드름들이 삐죽삐죽 매달려 있다.

희디흰 대성당에서 순결한 눈사람들이 미사를 올리는 눈의 나라, 백야도 없고 오로라도 없는 눈의 마을, 눈사람 열 세대가 사는 하얀 빌라에는 허리가 구부정한 눈사람도 없고 백발 성성한 눈사람도 없을 것이다. 치매를 앓는 눈사람도 없고 골다공증에 걸린 눈사람도 없고 허리디스크로 고생하는 눈사람도 없을 것이다.

텔레비전으로 봐도 절경인 겨울 설악산
희디흰 눈더미 속 빠알간
마가목 열매

바라건대 나의 고독이 우람해지고 뿌리를 깊이 허공으로 내려서 북두(北斗)를 꿰뚫고 복숭아나 사과나 귤 같은 과일들을 세상에 내려놓을 수 있기를, 바라건대 죽을 때 아무것도 바라지 않을 수 있다면 아무것도 바라지 않고 죽기를.

은하수 흐르는 밤

은하수 한 갑 주세요!
은하수라는 담배가 있었다
지금은 없지만 한때
은하수 태우는 사람들이 있었다
콧구멍으로 은하수를 내뿜고
입으로도 은하수를 후후 내뿜는 사람들이
한때

천문대에서 천체망원경으로 허공의 은하계를 내다보는 천문학자들의 내면은 드넓고 신비롭고 장엄하지 않을까. 육안으로 봐도 그러할진대 천안(天眼)으로 심안(心眼)으로 보면 참으로 놀랍고 장엄하고 어마어마해서 말문이 막힐지 모른다. 허공의 신비여! 자궁도 없이 홀로 텅 빈 채 어린 별들을 내어놓으니 눈 맑은 것들의 눈 속으로 별들이 흘러가고…… 고요의 신비여! 귀 밝은 것들의 모든 귀를 한 고요가 동시에 관통해도 그 누구도 고요를 보지 못한다.

두 눈썹에 반딧불을 잔뜩 붙이고

야광도깨비 놀이를 하던

어린 날 어두운 시냇가

부싯돌을 번쩍이던 야광도깨비들!

달의 돌

카카오톡에서 카카오톡으로 뛰어다니는
톡토기 문자를 아시는지
톡토기 문자와 톡토기 문자 사이로 해 지고 달 뜨고

우주복으로 뚱뚱해진 우주인들이 달에서 돌을 조금 떼어 내서 지구로 귀환한 뒤로 달은 늘 일그러져 있다. 아마 분석중인 그 월석(月石)을 다시 달에 갖다놓는다 해도 이미 처녀성을 잃어버린 달은 늘 일그러져 있을 것이다.

돌 속에서

만약 내가 시조새였다면 중생대의 햇빛과 달빛 속을 훨훨 날아다녔을 것이다. 그리고 1억 5천만 년의 고독 속에서 잠을 자다 어느 날 채석장에서 발견되어 내가 조류의 조상인지 파충류의 막내딸인지 숱한 논쟁의 주인공이 되어서 학자들을 즐겁게 하지 않았을까.

나는 정말 미라가 되고 싶지 않다
붕대에 둘둘 말린 미라는 천년만년을 아프다

이제는 텅 빈 석굴뿐이지만
한때 거대한 석굴에 바글거리는 사람들이 있었다
석굴이 침실이고 석굴이 시장이고 석굴이 사원인
큰 도시가
이제는 적막이 은둔해 있는 바위산,
때때로 불어오는 흙모래바람
사라진 그림자들을 덮으며 찾아오는 땅거미

운석

어뢰를 맞고 침몰한 핵잠수함 안에서
구조를 기다리며
흑해함대 병사들은 무슨 생각을 하며 죽어갔을까

광막한 허공에서 날아오던 외계의 돌덩어리가 바다와 충돌해 큰 파도를 일으키고 마침내 가라앉은 해저에 운석들의 묘지가 있다. 허공에서 오래 방황하다 바다 밑에 비로소 잠든 돌들, 오래된 고요, 태고의 어둠, 찾아오는 사람 하나 없는 운석들의 묘지를 구부정하게 지키는 것은 늙은 해마 한 마리, 그런 상상을 하며 글을 끄적거리다 창밖을 내다보는 지금은 새벽 어스름

해저에 잠든 운석들은
제 고향이 어딘지 알기나 할까

황사바람

육신이여, 고된 낙타여
아프지 마라!
아직도 한참 더 나와 함께
신비스런 숫처녀인 미지의 땅을 걸어가야 한다

사월의 황사바람이 거리에 누런 흙모래를 뿌릴 때, 졸음이 안 온다는 감기약을 먹었는데 자꾸 졸음이 올 때, 가락동 수산물시장으로 가서 살이 얇게 저며지는 넙치들을 구경하다보면 졸음이 왕성한 식욕으로 변해 있을지

거울 속 쌍봉낙타들이 거꾸로 거꾸로 걸어간다
허공에 큰 유방들처럼 모래산들이 매달려 있다
모래가 자꾸 쏟아진다

사막

고비 사막에서 돌아오자마자 나는 가위에 눌리곤 했다. 가위에 눌리다 눈을 떠보면 내가 아직도 살아 있었고 다리가 넷 달린 식탁 위에 조용히 앉아 있는 코가 긴 주전자가 보였다.

내 마음의 사막에 늑대가 산다
네 마음의 사막엔 여우가 살지
사막 한가운데서
늑대와 여우가 만난다 해도
고독의 등뼈가 하나되는 일은 없을 것이다
바람 부는 어떤 밤이면
내 마음의 모래산 꼭대기에서 늑대가 울부짖는다
네 마음의 모래산 꼭대기에선 여우가 울부짖겠지

낙타 뒤를 따라서
모래산 꼭대기에 올랐을 때

낭떠러지뿐인 허공이
우뚝

돌

돌들이 자꾸 거실로 굴러 들어오는 것은 바람 때문이다. 거센 바람이 굴리는 돌들, 집안에 자꾸 쌓이는 돌들, 사막에서는 그렇다. 사막의 개미들은 집안의 돌들을 치우느라 하루종일 허리가 휜다.

코가 깨져본 사람은 이해하리라
세상에는 너무나 많은 돌부리들이 있다는 것을
넘어진 자리에서 흙먼지를 털고 얼른 일어나
다시 직립의 자세로 걸어가야 한다는 것을
그리고 누가 봐도 아무 일이 없던 것처럼
당당하게 걸어가야 하고
걸어가고 또 걸어가다보면
해질녘 긴 그림자처럼 어디론가 사라진다는 것을

돌에 걸려
코밑수염이 뜯겨나간 남자가 있었지

암각화처럼 얼굴이 긁힌 남자는
이런 생각을 했어
사람들이 자꾸 돌에다 뭔가를 새기니까
돌 조각도 이젠 사람의 얼굴에다 뭔가를 새기는 것
이라고

돌미륵

운주사 돌미륵들이
하늘로 발걸음을 옮기는 날
그날이 언제일까

돌은 모릅니다. 미륵으로 백제 땅에 세워놓아도 돌은 미륵이 뭔지 모릅니다. 어떤 나라들이 망했는지 어떤 왕들이 죽었는지 돌은 모릅니다. 제 안에서 왜 화석의 이빨이 나오는지, 나이가 몇 억 살인지, 고향이 몇 백 억 광년 저쪽에 있는지 돌은 모릅니다. 그동안 자신이 얼마나 허물어지고 일그러졌는지 돌은 모릅니다. 돌은 정말 아무것도 모릅니다. 허물어지고 점점 허물어져서 모래미륵으로 흘러다니다가 아주 보드라운 금모래미륵들에 섞여서 어느 화사한 날 바다로 자취를 감춘다 해도 돌은 이 세상에 머물 때 사람들이 자신을 무슨 이름으로 불렀는지 모릅니다.

허공 한 조각

허공 한 조각이 팔랑거리며
들꽃에 내려앉는다
모시나비다

내 마음은 언제
비늘과 무늬들을 털어버리고
얇은 누더기 한 조각 될까

들꽃에서 들꽃으로 날아다니던 나비들은 어느 날 얇은 누더기 한 조각으로 돌아갈 것이다. 꿀에 취해 나른하게 들꽃에 잠들었던 시간들, 허물을 벗고 나오던 날의 화사한 햇살, 그리고 가느다란 다리에 감기던 부드러운 바람결, 그 모든 것이 나비에게는 '지금 여기'의 기쁨이었나. 신선나비들도 늙고 병들어 죽어가는 가을, 허공 한 조각이 팔랑거리며 허공으로 날아간다.

역마살

타클라마칸 사막에서 돌아온 카메라맨 얼굴이
태양에 검게 그슬린 돌덩어리 같다.
일요일 오후
그는 커피를 마시며
탄자니아의 햇빛과 흙냄새와 바람을 또 그리워한다.

2

대박

똥꿈을 꾸면 로또를 사야 한다
똥꿈에도 불구하고 로또는 휴지가 된다
다시는 로또를 사지 말아야지
지구가 황금색 똥바다로 변하는 꿈을 꿔도
로또를 사지 말아야지
하지만 로또 말고 무슨 희망이 남아 있단 말인가
똥꿈을 꾸지 않아도 로또를 사야 한다
그는 또 로또를 산다
로또는 또 휴지가 된다

제비들이 박씨를 물고 날아와야 대박이 터질 텐데…… 제비가 날아오지 않는 봄은 불길하다. 황사바람이 불고 문자메시지로 날린 부음들이 흐린 하늘을 날아다니고 마음이 도적떼 든 마을처럼 흉흉한데 사람들은 로또를 사며 대박 또 대박을 꿈꾼다.

엄마

엄마가 낳은 인류의 숫자가
60억을 넘어 머지않아 80억에 이른다고 한다
어마어마하다 엄마가 낳은 젖먹이동물들을 다 합치면
더 어마어마할 것이다
엄마가 낳은 것들이 엄마가 낳은 것들을 잡아먹으며
굶주림과 비만을 걱정할 때
늙어 죽어가는 사자 곁에서 서성거리는
아프리카 독수리들
좋은 엄마가 되려면 썩은 시체라도 뜯어먹어야 한다
좋은 엄마가 되려면 어린 사슴이라도 찢어먹어야 한다
어린 것들은 먹이를 구해오는 엄마를 보고
배시시 웃는다

소

소들은 왜 미치는 걸까. 영국 소가 미치더니 포르투갈 소가 미치고 미국 소가 미치더니 한우가 미친다. 산 채로 매장되는 소들, 진흙구덩이로 밀어넣는 소들이 버둥거리며 운다. 그 울음을 덮으면서 불도저가 간다.

진흙소들이 바다 밑에서 풀을 뜯고
산호 그늘 아래 게으르게 누워서
낮잠을 늘어지게 자는 날이 있을 것이다

저물녘이면 외할아버지는 소를 몰고 외양간으로 돌아오시곤 했다. 그을음 시커먼 아궁이에서 활활 타던 장작불, 쇠죽가마에 끓던 여물 냄새, 긴 여물통에서 침을 흘리던 황소의 크고 순한 눈, 저녁 어스름이 오면 툇마루에 앉아 외할아버지를 기다리시던 외할머니 모습이 눈에 선하다.

바보들

도도
바보새 도도
사람이 곁에 와도
가만히 바라보기만 하던 도도
멍청한 도도
도도 요리로 멸종해버린 도도
이제는 그림책 속에서나
얼굴을 갸우뚱하니 내밀고 있는
바보새 도도

해변밍크 (1880년 절멸)
산서사슴 (1900년대 절멸)
긴귀키트여우 (1910년 절멸)
웃는올빼미 (1914년 절멸)
극락잉꼬 (1927년 절멸)
주머니늑대 (1933년 절멸)
사막쥐캥거루 (1935년 절멸)

베르데왕도마뱀 (1940년 절멸)

웨크뜸부기 (1945년 절멸)

황금두꺼비 (1990년 절멸)

바바리사자 (1992년 절멸)

모피를 입느니 차라리 벗겠다!

처녀들이 벌거벗고

한겨울 광장에서 모피 반대 시위를 한다

옷 벗은 처녀들이 옷 입은 경찰에 끌려간다

순대

종로 5가 광장시장의 점심시간은 장관이다.
동쪽에서 서쪽으로 먹는 사람들이 줄지어 앉아 먹고 있고
남쪽에서 북쪽으로 먹는 사람들이 줄지어 앉아 먹고 있다.
먹는 건 주로 김밥 순대 빈대떡 동그랑땡 오뎅 족발 따위
인데
둘둘 말아놓은 순대는 굵기가 구렁이 몸통 정도 된다.

왕코브라 A는 암컷 왕코브라 B와 며칠째 교미중이었는데 공교롭게도 왕코브라 Q가 다가오는 걸 보고 짝짓기를 중단했다. 왕코브라들은 싸움을 하지 않는다. 대신 게임을 한다. 뒤통수를 먼저 때리면 이기는 게임. A와 Q는 머리를 높이 쳐들고 춤을 추듯이 서로 뒤통수를 치려고 애쓴다. 마침내 Q의 승리. Q는 암컷에게 다가간다. 갑자기 왜 성질이 났는지 암컷의 목을 물어 죽여버린다. (그리고 그다음이 충격적인데) 암컷을 대가리부터 통째로 삼키기 시작한다. 뱀이 뱀 속으로 들어간다. 둘이 하나가 된다. 되려다가 토해버린다. 뱀 이야기는 말을 하자면 너무 길다. 여기서 끊어야 한다.

허물이 허물을 삼키면 어떻게 되나
허공이 허무를 삼키면 어떻게 되나
허공을 순대에 넣으면 어떻게 되나
순대 속에 광장시장이 들어앉았나

러닝머신 위의 남자

헬스장에 나타난 그 남자는 악어처럼 엎드려
이를 악물고 팔굽혀펴기를 하고 있다.
악어는 팔굽혀펴기를 하지 않는다.
이를 악물지도 않는다.
달려가서 그냥 이빨로 콱 물어뜯지!
그 남자는 그 여자와 헤어진 뒤로
어느 날 핼쑥해진 얼굴로 헬스장에 나타났는데

그는 벌써 삼십분이나 달리고 있다. 뛰어도 뛰어도 제자리인 러닝머신 위에서 땀을 뻘뻘 흘리고 있다. 그는 왜 뛰는 걸까. 물렁한 의지력을 강철로 만들기 위해, 복근에 王자를 만들기 위해, 아니면 세계마라톤대회에 나가기 위해, 알 수 없는 일이다. 아무튼 그는 제자리에서 열심히 달리고 있다.

실연의 우후죽순들이 자라서
슬픔의 왕대나무숲을 이루고

그것이 가슴 한구석에서 서걱거릴 때
바람이 불고 어느덧 옛 애인이
인자한 할머니가 되어 나타났을 때
무슨 말을 해야 하는 것인지
러닝머신 위의 남자가 이번에는
요가를 하느라
외발로 서서 두 팔을 벌리고 있다

여름

우리 동네 늙은 거지는 미친 것 같다
떡이 된 장발을 등뒤로 늘어뜨리고
여름 한낮에 털옷을 입고 돌아다닌다
먹지 않고 사는 사람은 없다
대도시에서 열반에 들 때까지
방황과 구걸이 그의 인생이다

황룡사에 왔는데
아무도 없다
스님도 없고
절도 없고
금당도 없다
금당 벽화도 없고
솔거도 없고
지붕도 없고
기둥도 없다
기둥을 떠받쳤던 돌들만이

띄엄띄엄
뙤약볕 속에 이글거릴 뿐

여름날 개는
혓바닥을 길게 늘어뜨리고 헐떡거린다
뚝뚝 떨어지는 개침
땡볕에 달아오르는 쇠사슬과 개밥그릇

밥

불타버린 집
잿더미를 뒤적거리던 노파는
숟가락을 찾아낸다
밥을 먹으려면 숟가락이 있어야 한다
잿더미를 뒤적거리던 노파는
국자도 찾아낸다
국물을 뜨려면 국자가 있어야 한다
호미처럼 쪼그리고 앉아서
잿더미를 뒤적거리던 노파는
시커먼 그을음뭉치 하나를 캐낸다
가물가물한 눈앞으로 들어올린다
이것은 또 무엇이냐?

그때는 쥐코밥상에 둘러앉아
생쥐들이 밥을 먹는 것 같았지
그렇다면 지금은
우울한 하마들이 저마다 하마밥상 앞에 앉아서
혼자 밥을 먹는다고 해야 하나

밥을 먹느냐 밥이 되느냐, 공룡시대에 중요한 것은 오직 그것이었다. 공룡들이 득실거리던 그 시절에 밥을 먹으면 살아 남았고 밥이 되면 누군가의 똥이 되었다.

칼 받은 삼월에는 들나물 캐어먹고/ 사월에는 설익은 보리 베어 먹고/ 그러나 이제 사람들은 보릿고개를 넘어/ 내장비만 복부비만 마른비만과의 전쟁을 벌인다

보리스틱 3000원
맥아차 400g 5500원
햇겉보리차 400g 4000원
햇찰보리생가루 600g 5000원
발아햇찰통보리미숫가루 600g 8500원
보리새싹재배기세트 15000원

거북이

거북이가 종종 왕따를 당하는 것은 건드릴 때마다 움츠리기 때문이다. 툭 건드리면 책상에 엎드려 엉엉 우는 거북이, 그런 거북이를 누가 두려워하겠는가. 그런 거북이는 아무나 두드리는 동네북이 된다. 때리면 머리를 파묻고 우는 동네북, 팔다리가 안 보이는 동네북, 세게 두드릴수록 큰 소리가 나는 동네북.

거북이 발에 마라톤화를 신기는 것은
거북이에 대한 실례이다

은허에서 발굴된 갑골문자는 거북의 등껍질과 짐승의 뼈에 문자를 새긴 것으로 은허문자라고도 불린다. 유물을 남기고 사라져버린 은대의 백성들. 은현잉크란 보통 때는 아무것도 안 보이나 가열하거나 화학약품으로 처리하면 글씨가 나타나는 잉크이다. 몰문자(沒文字)는 세상에 나타난 적이 없는 백색 문자를 말한다.

거북의 등껍질로 무슨 액세서리를 만드는지
등껍질을 벗기는 거북이가 발버둥친다
죽을힘을 다해 네 발을 젓고
있는 힘을 다해 머리를 뒤흔든다
왜 산 채로 거북이 등껍질을 벗기는 건지
칼잡이가 마침내 등껍질을 솥뚜껑처럼 들어내고
네 발을 잘라낸다
뚜껑 없는 거북이가 엉금엉금 기어간다
발 없는 거북이가 엉금엉금 기어간다

떡

떡집 주인과 바둑을 둔다
오토바이로 떡을 배달하는 그는
가는귀가 먹었다
“바둑 안 두고 뭐해?”
장고를 거듭하는 나에게 그는 짜증을 낸다
“이러면 바둑 다시 안 둘 거야”
고개를 숙인 채
나는 바둑판을 들여다본다
묘수가 없다 진 거 같다
불계패!
그는 나 때문에 떡 배달이 늦었다고 서둘러 자리를 뜬다
바둑판의 돌을 혼자 쓸어담는다
떡집 주인에게
오늘은 내가 떡이 됐다

혼돈의 반죽덩어리에서 달이라는 떡과 해라는 떡과 별이라는 떡들이 나왔는데 그 둥글게 빛나는 떡들을 씹지도 않

고 삼키지도 않고 그냥 입안에 내버려두는 큰 아가리가 있으니 그것이 바로 허공이라네.

떡이 된다는 것은
마음이 바닥에 누워 있게 된다는 것
바닥에 누워 있게 된다는 것은
무기력한 덩어리가 된다는 것
떡이 되어 베개를 베고 누워 있든
베개를 안 베고 누워 있든 떡이 되면
끈적거리는 절망감과 물컹한 후회가 찾아온다

지하철의 바나나

지하철 의자에 앉아 화장하는 여자를 본 것이 몇 번이었나
(나중에는 지하철에서 면도하는 남자도 있을 것이고 발 씻는 사람도 있을 것이다)
오늘은 그래도 신경 덜 쓰이게
지하철 한구석에서 조용히 맨손체조하는 남자를 본다
두 팔을 어깨 위로 올렸다 내렸다
두 발을 번갈아 들었다 놨다 하는 중년 남자를
(사람들은 사막거북이처럼 목을 길게 빼고 휴대폰의 사막에 빠져 오아시스를 찾아 돌아다닌다)
맨손체조가 끝나자 남자는 주머니에서
바나나를 꺼내 우물우물 먹는다

개미

사실 나는 개미를 별로 좋아하지 않는다. 개미들은 노크하는 법이 없다. 노크도 없이 집안으로 들어와 제멋대로 돌아다닌다. 과자나 밥알 부스러기, 오징어나 쥐포 쪼가리에 새까맣게 달라붙는다. 일종의 도적떼인데, 어떤 대담한 놈은 식탁 의자에 앉아 밥 먹는 내 발가락을 끈덕지게 깨물고 놓지 않을 때도 있다. 그런 개미는 죽여버려도 죄가 없다고 나는 생각한다.

죽음이란 여왕에게 충성하지 못하는 것
죽음이란 쥐포 쪼가리를 물고 달리지 못하는 것
죽음이란 두려웠던 고독과 결별하고 홀로 버려지는 것

개미를 개미핥기가 먹으면 개미는 개미핥기가 되고 죽은 개미핥기를 개미가 먹으면 개미핥기는 개미가 된다 마찬가지로 개미지옥에 떨어진 개미를 개미귀신이 먹으면 개미는 개미귀신이 되고 죽은 개미귀신을 개미가 먹으면 개미귀신은 개미가 된다 먹든지 먹히든지 거기가 지옥이다

마왕

마귀와 오래 싸우다보면 마귀가 된다. 쩨쩨한 마귀와 싸우다보면 쩨쩨한 마귀가 되고 저 잘난 마귀와 싸우다보면 저 잘난 마귀가 된다. 마귀와의 싸움은 지나고 나면 정말 헛되고 부질없고 덧없다. 너절한 세월 뒤에 사악한 인생 뒤에 후회와 죄악의 냄새를 풍기면서 허무가 그윽하게 찾아온다. 물론 죽으면 마귀는 사라진다. 한 사람을 다 망가뜨린 승리감에 기뻐 날뛰면서 마귀는 또다른 제물을 찾아 이곳저곳을 기웃거린다. 이런 마귀는 사실 조무래기 마귀에 지나지 않는다.

칸마다 광고로 뒤덮인 지하철 3호선 신사역 공중화장실
남자용 변기 위에 별별 쪽지들이 다 붙어 있다
비아그라, 음경확대, 돼지흥분제,
돼지흥분제?

큰 성인들의 혀는 길다. 왕도마뱀의 혀가 길고 개미핥기의 혀가 길다지만 성인들의 혀만큼 갈수록 길게 늘어나는 혀도 없을 것이다. 그 혀들은 마왕의 군대를 쫓느라 오대양 육대주로 뻗어나간다. 그리고 그 긴 혀들은 사분오열하는 마왕의 군대 때문에 갈수록 천 갈래 만 갈래로 찢어져 너덜거리는 듯하다.

대도시

포르노 배우들이 카마수트라를 흉내내듯이

낙타가 제 뱃속의 물주머니를
장터 좌판 위에 꺼내놓고
사막에 드러누워 손님을 목마르게 기다리듯이

살아야 한다면 죽음에 색칠하고
몸이라도 팔아야 한다

사라진 모텔

교성으로 지은 모텔이
사라진 자리
고구마밭
꼬부랑 할머니가 고구마를 캐고 있다

태양의 황금 손가락들이 옥수수 붉은 수염들을 어루만지는 가을날, 잘 익은 옥수수 통째로 찐 옥수수를 들고 고갯마루에 불쑥 나타나는 시골 할머니. 강원도 산길은 구불구불하고 뿌리가 고구려도 백제도 신라도 아닌 도민들은 메밀이나 감자나 옥수수를 먹기도 하지만 묵사발이나 막국수나 토종닭을 팔기도 하고 골프장에 가서 풀을 뽑거나 모텔에서 청소나 빨래를 하기도 하면서 살아간다.

송전탑 너머로 개밥바라기 별 뜨면
큰 엉덩이에 부엉이문신을 한 여자가 부엉 부엉 울면서
밤의 두더지들을 잡아먹기 시작할 겁니다

색신

뱀비늘무늬 스타킹을 신고 다리 미끈한 여자가 걸어오고 있다. 유방확대수술을 했든 안 했든 광대뼈를 깎아내는 성형을 했든 안 했든 그럴듯한 색신(色身)의 껍질은 언젠가 비단구렁이의 허물처럼 벗겨질 것이다.

무슨 일이 일어났는지도 모르는 채
아나콘다의 뱃속에 드러누워 잠자던
아마존의 어떤 남자는
아나콘다의 배를 갈라 끌어내도
그냥 그대로 잠자고 있었다고 한다

짚으로 엮은 사람처럼, 불타는 허수아비처럼, 진흙구덩이나 불속에 눕기 전에 오늘은 목마른 색신에게 막걸리 한 잔 먹이리라. 나는 색신을 데리고 칠레산 홍어를 파는 흑산도홍탁주점에 간다. 말술은 아니지만 어제도 술을 마셨고 그저께도 마셨다. 이년 전에도 마셨고 이십 년 전에도 마셨다. 그렇게 마셔댔는데 마신 게 없다. 밑 빠진 술자루에 술붓기, 밑 빠진 술주전자로 술따르기.

거울

욕실의 거울 속에는 아무도 없다
벌거벗은 내 허상이 있을 뿐
그 허상이 눈을 껌벅거린다
바보 같은 놈!

거울 속 그림자가 가위를 들고 자신을 오리기 시작한다 세모 네모 마름모 등으로 오려서 이 벽 저 벽에다 붙인다 고요하다 고요 뒤에 고요 뒤에 겹겹의 고요, 양파처럼 벗기고 벗겨도 껍질이 없는 고요, 그 끝없는 허공을 껴안고 있는 고요가 지금 내 눈앞에 있다

중요한 곳을 덮고 있는 검은 털
부끄러운 곳을 덮고 있는 검은 털
머리는 얼마나 부끄럽기 짝이 없는 부위인가
음부는 얼마나 중요한 부위인가
바보 같은 놈!

도롱뇽 소송

도롱뇽은 소송에서 이길 수가 없습니다. 도롱뇽은 돈이 없습니다. 도롱뇽은 힘도 없습니다. 도롱뇽은 아무것도 아닙니다. 대법원까지 간다 해도 패배입니다. 도롱뇽은 우울합니다. 배고프면 그냥 조그만 물벌레나 잡아먹으며 붕괴된 청산에라도 살고 싶을 따름이지요.

고무 탄내나는 콘크리트 터널로
육중한 바퀴들이 지나갈 때마다
도롱뇽 눈알은 초록빛으로 확대되며 발광한다

이 글은 밤의 터널을 홀로 걸어가는 도롱뇽을 상상하며 쓴 것입니다. 도롱뇽은 천성산 터널 때문에 아주 유명한 놈이 됐습니다. 쓸데없이 유명해진 놈!

비행운

그녀의 뺨
그녀의 눈
그녀의 입술이 얇어지면서
퍼즐 조각들처럼 점점 흩어져간다

3

펭귄소녀

하늘로 날아오른 눈사람들이
다시 헤아릴 수 없는 눈송이들로 환생해서
펄펄 이 세상에 내려오는 날

편의점 펭귄소녀는 밖을 내다보다
눈을 털며 들어서는 나에게 인사를 한다
안녕하세요

한라산 물을 먹나
백두산 물을 먹나
나중에는 남극의 빙산을 먹어야 하나

생수를 들고 나오는 내 등뒤에서
편의점 펭귄소녀는 수줍은 목소리로 또 인사를 한다
감사합니다 안녕히 가세요

염소가 지나간다

염소를 볼 때마다 나는 찜찜해진다. 그때 괜히 뿔 난 염소를 잡아먹은 거 같다. 안 먹을 수도 있었을 텐데, 순한 양고기를 먹을 수도 있었을 텐데, 후회는 누워서 침뱉기다. 내가 염소를 먹은 걸 아는지 모르는지, 내가 『禪을 씹는 염소』라는 책을 쓰려다 그만둔 것을 아는지 모르는지, 염소는 날 바라보며 똥글똥글한 똥을 싼다.

똥구멍이라는 존재의 슬픔은
똥을 밀어내는 누군가의 기쁨이다

항문에 덤벼드는 파리들을 쫓기 위해 바삐 움직이는 꼬리가 염소에게 있다. 마치 날벌레들을 털어내는 불자(拂子)가 스님들에게 있듯이.

염소가 지나간다

뭔가를 오물오물 되씹으면서

이슬들이 하늘로 날아오르는 여름 아침에

문체연습

코뿔소 문체로 얼룩말 문체로, 바람의 문체로 공검(空劍)의 문체로 아니면 광인의 문체로 덤벙의 문체로 글을 쓸 수도 있었을 텐데 그는 왜 지렁이 문체를 고집하는 걸까.

지렁이 문체란 느릿느릿 꾸물거리며 기어가고 때로는 흐느적거리면서 정해진 길 없이 막막하게 어디로 가기는 가는데 어디로 가는지 알 수 없고 언제쯤 끝나는지도 알 수 없어서 독자들이 꾹 참고 따라가다 결국에는 인내심이 한계에 달해 중도에서 책읽기를 포기해버리는 아주 지루한 문체를 말한다.

이게 왜 끊어지지 않지? 통고무줄처럼 질긴 지렁이를 입에 물고 개구리는 곤혹스런 표정이다. 앞발로 누르고 입으로 잡아당겨도 지렁이는 쭈욱 늘어나며 끊어지지 않는다. 곤혹스럽기는 지렁이도 마찬가지, 악연이란 이런 것이다. 만나면 서로를 괴롭히며 자꾸 짜증나게 한다.

지렁이 눈알이 생기는 날
우리는 차를 피해 길을 건너가는
똘망똘망한 지렁이들을 보게 될 것이다

이빨

세월이 오래된 이빨들을 하나둘씩 뽑아간다
현재의 썩은 이빨들을 뽑아서
과거의 돌밭으로 던져버리는 것이다
텅 빈 낙타 두개골에 박혀 있던 누런 이빨들
그 이빨들 사이로
모래와 전쟁과 바람이 지나갔으리라

치과의 기계들은 환자들이 부들부들 떨도록 고안된 것 같다. 늙어갈수록 이빨은 녹슨 못처럼 흔들거리다 빠진다. 하긴 얼마나 질긴 살을 뼈에서 뜯어내며 씹어댔던가. 아직 남아 있는 이빨들, 이빨 빠진 자리에 박히는 인공이빨들, 지옥의 이빨들이 끊고 씹고 부수도록 고안된 것이라면 천국은 이빨 없는 존재들이 모여 살도록 만들어진 것일까.

조주 스님은 120세까지 살았다고 한다
어금니 하나만 남아 있을 때까지 말이다

짝이 없는 어금니

곁에 있던 모든 이빨들과 이별하고

홀로 남은 어금니

우뚝 선 절벽 같은 어금니

조주의 어금니

아귀들

마산이 아닌 동네 마산아구찜집에서
아구찜을 먹으며
심해의 아귀들을 생각한다

니힐리스트들이 거대한 허무를 뜯어먹으며 살아가듯이
죽은 고래의 뼈를 뜯어먹는
흰아귀들

그리고 어쩌면 전생의 바다에서 나의 백골들을 뜯어먹는
검은악마아귀들

마산이 아닌 동네 마산아구찜집에서
아구찜을 먹으며 소주를 마시며
이빨 삐죽삐죽 엉성한 아귀들을 생각한다

어쩌다 아귀 몸을 받고 태어나 심해의 뼈다귀들을 뜯고
있는지
어쩌다 사람 몸을 받고 태어나 아귀 요리를 먹고 있는지
혓바닥이 점점 얼얼해온다

복면

죽은 자여, 걸어가라!
날마다 누군가 처형된다
시간은 복면을 하고 누군가를 질질 끌고다니다
반드시 처형한다
아무도 풀려나지 못한다
죽은 자여, 고향으로 돌아가라!
가서 반가운 얼굴들을 만나라!
시간은 복면을 벗지 않고
시간의 인질들인 우리는 뭔가에 눈이 멀어
지팡이도 없이 밤낮으로 장님들처럼 끌려다닌다
지하철로 버스로 승용차로 도보로
사무실로 거리로 공원으로 광장으로
커피를 손에 들고 햄버거를 먹으며
뉴스에 나온 소말리아 해적의 인질들을 되레 걱정하기도
하면서

여름 동화

바다에 들어가 몰래 오줌을 누는 피서객들 때문에 바다가 더 짜지지는 않을 것이다. 바다가 짜지면 미역도 짜지고 고등어도 짜지고 멍게도 짜진다. 팔월 한낮, 바다는 온갖 쓰레기와 거품들을 해변으로 밀어내면서 새파랗게 젊어지려고 애쓴다.

하루는 우럭회를 주문하고 기다리다가 곁에 있는 수족관을 우연히 보게 되었다. 아직 회 뜨지 않은 우럭 두 마리가 무슨 일인지 서로 치고받고 달아나고 쫓아가며 격렬하게 싸우고 있었다. 그놈들 참! 물거품까지 튀기면서 싸우네. 잠시 후, 우럭의 염라대왕처럼 분홍색 가죽치마를 두른 남자가 왔다. 그리고 잠시 후, 뜰채가 지나가고 수족관이 텅 비더니 테이블에 붕대를 썰어놓은 듯한 희멀건 회 한 접시가 나왔다.

너 누구니?

동자게라고나 할까. 철 지난 바닷가를 산책하는데 조그만 게들이 나를 마중나오더군요. 집게발을 들고 만세를 부르며 나를 환대하는 것 같았습니다. 만세! 만세! 누가 만세의 허무, 만세의 고독, 만세의 비애를 견디면서 만세를 누리려고 하겠습니까. 동자게들을 뒤로하고 밤의 고속도로를 달려 나는 다시 텅 빈 집으로 돌아와 여름 동화를 씁니다.

눈을 뜬 채 자는 잠

아는지 모르는지 사방으로 포위된 물고기들. 낚시꾼들이 저수지를 뼁 둘러싸고 낚시를 한다. 떡밥을 주무르고 지렁이를 바늘에 꿰고 흙탕물 위의 찌를 바라본다. 긴 다리로 수면을 걸어다니는 소금쟁이, 장마 뒤 물가로 기어나와 눅눅한 몸을 말리는 게아재비, 송장헤엄치개는 뭘 하고 있나. 아무 일 없는 익사체는 저수지 흙물 바닥에 누워서 입을 헤벌린 채 잠만 잔다. 얼굴이 퉁퉁 붓고 손발이 퉁퉁 부어도 잠을 자고 또 잠을 잔다. 콧구멍으로 짚신벌레들이 들어와도 귓속으로 진흙이 밀려와도 잠만 잔다. 눈을 뜬 채 자는 잠, 아무 일 없는 남자는 저수지 흙물 바닥에 누워서 잠을 자고 또 잠만 잔다. 누가 이 진흙삼매에 빠져 있는 남자를 낚시로 걸어서 물 밖으로 힘껏 끌어내시라.

비

장맛비 억수같이 쏟아지고 천둥벼락 치는 밤, 숙직실로 개구리가 한 마리 찾아왔다. 비에 젖은 손님, 입이 큰 손님, 개구리는 방으로 불쑥 뛰어들어와 한동안 나를 바라보더니 슬금슬금 기어가 구석에 자리를 잡는 것이었다. 그 의젓한 좌선의 자세, 개구리는 면벽으로 나는 뜬눈으로, 밤새도록 빗소리를 듣던 그 여름 허름한 숙직실.

진흙길 밟을까 연등불 앞에
머리를 풀어
진흙을 덮었다는 석가모니 전생 이야기
비 오니 생각난다

양재천 뚝방길 한 웅덩이, 흙탕물에 들어앉아 맹꽁이부처님들이 맹꽁 맹꽁, 제가 누군지도 모르고 울고 있다. 내가 다가가자 울음을 뚝 그친다. 그래, 나는 살생업을 떡 쌓듯이 해온 중생이다.

홀로그램 반딧불이 축제

홀로그램 반딧불이 축제를 구경나온 어떤 스님은
반디불(佛) 반디불(佛)이다!
어린애처럼 반가워하고

사방에서 어지럽게 날아오르는 반딧불에 둘러싸여
어떤 수녀님들은
개똥벌레 부활하셨네 할렐루야!
수줍은 소녀들처럼 속삭인다면……

산냄새

바위옷을 입었다 벗고 바위옷을 입었다 벗는
무쇠근육뿐인 바위들의 나이에 비하면
산신령님은 어린애

장마 뒤 햇볕이 금갈색이다. 볕 잘 드는 바위 위에 똬리를 틀고 앉아 습한 몸을 말리고 있던 구렁이 한 마리, 고개를 천천히 들어 눈 마주친 심마니를 바라본다. 자네는 뭔가? 저요? 저 아무것도 아닙니다. 산삼에 눈이 멀어 길을 잘못 든 거 같네요. 산왕(山王)처럼 늠름한 구렁이에게 꾸벅 인사하고 심마니는 서둘러 산을 내려온다.

누가 누굴 섬기라는 것인지
엉덩이를 들고 엎드려 절하는 두꺼비들 앞에서
허수아비가 인상을 쓰며
찌그러진 웃음을 웃고 있다

발걸음

외로운 여자가 데리고 산책하는 덩치 큰 개
시베리안 허스키
왕벚나무 아랫도리의 오줌 냄새를 분석하느라 코를 킁킁거린다
그리고 분석을 마쳤는지
뒷다리를 하나 번쩍 들어 오줌을 눈다
그 일이 끝나기를
발걸음을 멈추고 기다리던 여자는
다시 시베리안 허스키의 보폭으로 산책을 한다
오줌지도!
개에게는 오줌네비게이션 같은 게 있는 것일까
또다른 왕벚나무에서 개의 행동은 반복된다
여자는 또 발걸음을 멈추고 기다린다
그 기다림의 시간에도
허공에서 허공으로 나아가는 태양의 발걸음을 지구가 따라가고
우리 은하계의 네비게이션을 누가 만든다 해도
변하지 않는 것은

개는 오줌을 눠야 하고
우리는 여전히 허공의 바깥이 어디인지 모른다는 사실이다

허공을 먹다

허공으로 아가리를 쩍 벌린 채
덕장의 명태들이 허공을 삼키고 있다
아무리 먹어도 배부르지 않다
먹어도 먹어도 먹은 게
없다

허공을 먹는다는 것은 머리도 없고 꼬리도 없는 허공을 통째로 삼키는 것, 뱃속에 허공이 있고 뼈 속에 허공이 있고 철분 속에도 허공이 있다. 허공을 삼킨다는 것은 무일물(無一物)을 먹는 것, 아무리 먹어봐라. 똥이 안 나온다.

명태는 이름이 명태라서
황태도 되고 동태도 되고 북어도 된다
우리 동네 생태매운탕은 1인분에 만이천원
이따금 내가 점심 먹으러 갈 때마다
양은냄비에 미나리를 듬뿍 얹어준다

말벗

묵은 햇빛 없는 양재천변을 산책하면서

내 말벗은 여울 물소리

내 말벗은 지난날 허물

내 말벗은 태어나기 이전의 나

내 말벗은 쓰지 않은 시

왜가리는 내가 다가가면 왝왝 소리치며 저만치 달아난다

4

웃는 주인공

웃으면서 자빠져 있는 허수아비들조차
구원의 길에서는
스스로의 힘으로 일어나
눈물을 흘리며 허허 웃을 때까지 홀로 걸어가야 하리라.

마네킹 인생

대머리 마네킹에게
모발치료의 골든타임은 언제인가?
라고 묻는 것은 난센스!
흰 눈알 마네킹들이
쇼윈도 밖을 우두커니 내다본다
한번도 산 적 없이 죽으리라! 이것이 마네킹 인생

브래지어, 스타킹, 양말, 구두, 모자, 이런 것들이 모두 마네킹에서 흘러나온 마네킹의 흔해빠진 내장들이다.

물질뿐인 의상실에서 걸어나와 텅 빈 옷을 벗어던지고 달밤의 마네킹들이 알몸으로 한바탕 덩실덩실 네거리에서 춤을 춘다면 경찰이 가만 놔둘까.

마네킹 공장 화재 사건은 잊을 수가 없다. 불길 속의 마네킹들을 그 누구도 구하려 하지 않았고 그 어떤 마네킹도 불속에서 뛰쳐나오려 하지 않았다. 불속의 열반, 마네킹은 죽지 않는다. 죽을래야 죽을 수가 없다.

재

죽은 사람이 화구(火口)로 들어가고 불이 들어가자 산 사람들이 통곡하기 시작한다. 오장육부가 타고 붉은 울음이 타고 뼈들이 탄다. 가죽이 무너지고 허리둘레가 사라지고 키가 무너지고 몸무게가 없어진다. 마침내 화구에서 나오는 희디흰 뼈, 그 뼈를 빻으면 흰 재가 된다. 아직도 따스하고 보드라운 재, 그 재를 뿌리면서 바람 부는 산등성이를 걸어갈 수도 있을 것이다. 그 재를 호수에 뿌리고 삐걱거리는 노를 저으면서 혼자 달밤의 나루터로 돌아올 수도 있을 것이다.

식어가는 질화로를 껴안고
재를 뒤적거리던 그 겨울
흙벽에 너펄거리던 그림자

죽은 뒤에 이야기가 시작되는 사람은 위대한 사람이다. 굴원(屈原), 예수, 징기스칸을 보라! 죽어도 별로 말할 게 없는 사람은 그저 없는 듯이 살다가 없는 듯이 죽어서 비석도 묘비명도 없이 재항아리 속에 아니면 바람 속에 이슬 속에 뭉게구름 속에 없는 듯이 조용히, 이름 붙일 수 없는 것이 되어서

찢어지고 흩어진다

아프리카는 싸운다. 아프리카 아닌 곳도 싸운다. 내 마음도 싸운다. 내 안의 야수들이 으르렁거리면서 싸운다. 오늘도 누군가 찢어진다. 뒷다리는 남쪽으로, 앞다리는 북쪽으로, 내장은 사방으로, 뿔은 머리에 박힌 채 황야에 버려진다.

쩨쩨하던 자아가 찢어지는 날
나는 어디에 있는 걸까
바람의 입술에
모래의 귀에
달빛의 눈썹에
아니면 구름의 이마에

양떼구름을 보거든 늑대 뱃속으로 흘러간 양떼를 생각할 것
새털구름을 보거든 누더기 걸친 허공왕을 생각할 것

산허리구름을 보거든 산도 때로 치마를 입는다는 것을 기억할 것

달빛

빈 배에 달빛 가득 싣고 돌아온다고 누가 말했나?
빈 배에 해골 가득 싣고
해적들이 갈대꽃 만발한 섬으로 돌아온다고 누가 말했나?
입술도 혀도 없이 누가 말했나?
빈 배에 달빛 가득 싣고 돌아온다고……

오, 해골이여, 달이여. 밤의 동굴 속에서 원효가 물 떠먹던 해골바가지는 누구의 얼굴이었나. 비석을 등에 업고 돌거북이가 절벽에서 굽어보는 밤바다, 달빛 속으로 거대한 화물선이 지나간다.

마음은 공항

누가 뜨물처럼 은하수를 쏟아버리려 해도 쏟아버릴 데는 허공밖에 없을 것이다. 허공 밖으로 나가서 은하수를 쏟아버리려 해도 쏟아버릴 데는 허공밖에 없을 것이다.

한밤중
내 마음의 공항 활주로에
하늘다람쥐가 착륙한다

땅강아지들은 긴 활주로를 기를 쓰고 달리다
하늘로 날아오르고

하늘소들은 뭐 하나
금쟁기를 끌면서
은하여울 건너 묵은 별밭을 갈아엎고나 있나

우리는 너무 늦게 깨닫는다

피스토리우스는 종아리뼈 없는 양 다리에 의족을 한 채 세계육상선수권대회와 올림픽에 출전하면서 스포츠팬들에게 환호와 감동을 선사한 남아프리카공화국의 영웅이다. 그런 그가 최근 여자 친구 살해 혐의로 경찰 조사를 받고 있다. 피스토리우스의 집에서 머리, 가슴, 손, 엉덩이에 총을 맞고 두개골이 함몰된 채 잠옷 차림 시신으로 발견된 모델 스틴캄프, 그녀의 장례식은……

내 마음 안의 야수는 언제 깨닫게 될까
내 마음 안의 악마는 언제 깨닫게 될까
내 마음 안의 바보는 언제 깨닫게 될까
내 마음 안의 부처는 언제 깨닫게 될까

우리는 모두 지구인
우리는 무의 아바타
기쁘면 웃는 아바타

슬프면 우는 아바타

어두운 바다를 밟고 서 있는
두 명의 아바타
야광충들이 텅 빈 살을 흘러다니는
한 여자와 남자
고개를 푹 숙인 채
홀로그램으로 밤바다에서 서로 멀어져간다

허공을 달리는 코뿔소

아프리카 코뿔소도 인도 코뿔소도
코뿔이 뽑히면서 너무 많이 죽었다
내가 코뿔소 대변인은 아니지만
뿔에 눈이 멀어
사람들이 코뿔소를 너무 많이 죽였다고 생각한다

앞으로 달려도 허공이고 뒤로 달려도 허공이고 위를 봐도 허공이고 아래를 봐도 허공인 큰 허공에서 허공을 달리는 코뿔소는 어디로 달려야 할까 무한이 뭔지 무변이 뭔지 무극이 뭔지 일자무식인 코뿔소는 달리고 달려도 밟는 자리마다 허공이어서 잠시도 서 있을 수가 없는데 슬픔의 무게가 4톤쯤 되는 코뿔소를 데리고 허공 밖으로 어떻게 나가야 할지

무소뿔도장으로 판결문에 시뻘건 도장을 찍던 분이 누구였던가

황혼의 피 마른 서류들이여
무소뿔부채로 얼굴을 가린 신선들이여
코뿔이 없어도 코뿔소는 허공을 들이받으며 달릴 것이다
들이받다보면 큰 허공이 우르르르 다 무너지지 않으랴!

날개 없는 닭발

기러기들아, 거위들을 하늘나라로 데려가다오. 거위들은 너무 많이 먹고 너무 많이 싸면서 날마다 꽥꽥 싸움질만 한다. 그런데 기러기농장에서는 정말 기러기들에게 거위 사료를 먹이는 걸까. 늑대농장에서 개사료를 먹이며 늑대들을 사육하듯이.

스피노자가 없는 장터, 오늘도 싸움닭들은 피 터지게 싸운다. 그런데 왜 그 큰 고래들이 새우 한 마리를 놓고 피 터지게 싸우는 걸까. 피 묻은 깃털들이 사방으로 흩어진다. 빨간 투구를 쓴 로마군단 병사들이 네로 황제 만세를 외치며 하늘로 진군한다. 우리는 아무것도 아닌 자들, 쇠젓가락을 들고 '닭발인생'이라는 불닭집에서 뼈 없는 닭발, 발톱 빠진 닭발, 날개 없는 닭발을 먹는다.

수미산(須彌山) 아래 살면서 드래곤들을 잡아먹는다는 금시조(金翅鳥), 그런데 금시조의 알을, 금시조의 둥지를, 삼

백 육십 만 리나 너울거리는 금시조의 금빛 날개를 누가 보았을까. 해괴한 세상, 금시조 둥지에서 닭이 운다. 늑대들이 개옷을 입고 꼬리를 치며 주인을 졸졸 따라다닌다.

기러기들아
거위들을 하늘나라로 데려가다오
아니면 닭들이 들어앉은 금시조 둥지로 데려가든지

난다詩방 01

허공을 달리는 코뿔소

ⓒ 최승호 2013

초판 인쇄 2013년 10월 25일

초판 발행 2013년 10월 30일

지은이 ·· 최승호

펴낸이 ·· 강병선

편집인 ·· 김민정

편집 ·· 김필균 강윤정 김형균 유성원

디자인 ·· 정은경디자인

마케팅 ·· 신정민 서유경 이연실 정소영

온라인 마케팅 ·· 김희숙 김상만 이원주 한수진

제작 ·· 강신은 김동욱 임현식

제작처 ·· 영신사

펴낸곳 ·· (주)문학동네

임프린트 ·· 난다

출판등록 ·· 1993년 10월 22일 제406-2003-000045호

주소 ·· 413-120 경기도 파주시 회동길 210

전자우편 ·· nanda@nate.com 트위터:@nandabook

문의전화 ·· 031-955-2656(편집) 031-955-8890(마케팅) 031-955-8855(팩스)

문학동네카페 ·· http://cafe.naver.com/mhdn

ISBN 978-89-546-2288-2 03810

값 9,000원

난다는 출판그룹 문학동네 임프린트입니다. 이 책의 판권은 지은이와 난다에 있습니다.
이 책 내용의 전부 또는 일부를 재사용하려면 반드시 양측의 서면 동의를 받아야 합니다.

이 도서의 국립중앙도서관 출판시도서목록(CIP)은 서지정보유통지원시스템 홈페이지
(http://seoji.nl.go.kr)와 국가자료공동목록시스템(http://www.nl.go.kr/kolisnet)에서
이용하실 수 있습니다. (CIP 제어번호 : 2013022490)

www.munhak.com